Discours au Roi,

A SON RETOUR DE REIMS;

Par BRULEBOEUF LETOURNAN.

PARIS,

CHEZ DELAFOREST, LIBRAIRE,

RUE DES FILLES-SAINT-THOMAS, Nº. 7;

Et Anthe. BOUCHER, Imprimeur-Libraire,

RUE DES BONS-ENFANS, Nº. 34.

6 Juin 1825.

Discours au Roi,

A SON RETOUR DE REIMS.

Discours au Roi,

À SON RETOUR DE REIMS;

Par BRULEBOEUF-LETOURNAN.

PARIS,

CHEZ DELAFOREST, LIBRAIRE,
RUE DES FILLES-SAINT-THOMAS, N°. 7;

Et Anth^e. BOUCHER, Imprimeur-Libraire,
RUE DES BONS-ENFANS, N°. 34.

6 Juin 1825.

DISCOURS

AU ROI.

Enfin, comblant le vœu de tes peuples fidèles,

Élevant ta couronne aux voûtes éternelles,

Ton front se l'est acquise une nouvelle fois,

Charles, et Dieu lui-même a consacré tes droits.

Et quels droits! de l'honneur monarchique héritage,

De Clovis jusqu'à toi descendu d'âge en âge,

Que Louis t'a transmis, que ton sacre pieux

Va transmettre aux Bourbons chez nos derniers neveux,

Perpétuant ainsi la France et ta mémoire!

Au maître-autel de Reims agenouillant ta gloire,

Tu conjuras le ciel, entre ton peuple et lui,

De garder à la France un invincible appui;

Si des combats, un jour, se rouvrait la barrière,

De présider, terrible, à sa valeur guerrière,

D'enchaîner la fortune à ses brillans remparts,
De soumettre à ses lois le commerce et les arts :
Il accorda tes vœux !…. Il t'a commis l'office
De faire en tes desseins éclater sa justice,
De consoler ton peuple, à force de bienfaits,
Des innombrables maux qu'un Bourbon n'a point faits,
D'éteindre, au sein meurtri des hameaux et des villes,
Jusqu'au ressouvenir de nos haines civiles,
De réduire au silence, au tourment du repos,
L'inquiet partisan d'impossibles complots….
Eh ! que pourrait tenter sa délirante audace !
De nos divisions a disparu la trace,
Nos rangs sont nettoyés de ces séditieux
Qui voulaient à la France imposer de faux dieux,
L'Europe en paix t'admire, un grand peuple t'adore :
Quel prétexte aux méchans resterait-il encore ?
Ce que n'a pu Louis, de tourmens consumé,
Suspendre sa couronne au temple accoutumé,
Chrétien, l'offrir à Dieu, Roi, fondre en la balance
Les droits puissans du sacre et ceux de la naissance,
On te voit l'achever, et, dans Reims prosterné,
Exhausser le pouvoir que ton sang t'a donné !….

Charles, quand le saint-chrême a coulé sur ta tête,
Le vaisseau de l'État ne craint plus la tempête.

Louis, savant pilote, aux orages du Nord
L'arrachant, démâté, l'a fait surgir au port.
Il sonda ses débris, un pacte magnanime
Unit aux passagers le Monarque sublime ;
Depuis, la nef rendue aux humides sillons,
Vogue, libre en sa marche, en ses blancs pavillons.
Tu n'en dédiras pas et ton frère et la France !....
Que dis-je ? Ah ! de l'État nouvelle Providence,
Comme Antonin jadis continua Titus,
Tu viens *continuer* le règne des vertus.
Successeur de Louis, par-delà d'un autre âge
Tu viens consolider son immortel ouvrage :
Sujet, tu l'as juré ; Roi, puisqu'il t'appartient,
Louis nous l'octroya, ton sacre le maintient !

Si, comme toi, dans Reims, le vénéré Monarque.
Qui survit dans l'histoire au tranchant de la Parque,
Eût voulu de son sacre étaler la splendeur,
Dont le malheur des temps déconseilla son cœur,

Il eût, ainsi que toi, prodigue en ses largesses,
Confirmé devant Dieu la foi de ses promesses ;
Il eût, ainsi que toi, de nos droits et des siens,
Pris à témoin la Charte et le Dieu des chrétiens,
Rendu plus chère à tous sa puissance suprême,
Et, pour mieux l'élever, courbé son diadême.
Il faut bien l'avouer, à cet acte important
Tout l'invitait, nos vœux, son intérêt, son rang.
Une maligne joie au sein d'affreux sectaires
Soufflait, triste aliment aux erreurs populaires,
Qu'un Pape, dans Paris traîné par la terreur,
Ayant de l'huile sainte empreint l'usurpateur,
Sur le front de Louis, Remy même, [1] en personne,
Ne pourrait plus asseoir des Bourbons la couronne....
Vain fantôme élevé par l'irréligion,
Que lançait l'imposture à la sédition !
De-là ces longs efforts d'une ligue exécrable
Pour saper de nos Rois le trône invulnérable,
Ces bruits injurieux, répandus à dessein,
D'un enfant que l'Autriche amenait par la main ;

[1] St.-Remy, évêque de Reims, qui baptisa Clovis dans l'église
de St.-Martin, de cette ville, l'an 496 de J.-C.

Ces ténébreux complots, ces infâmes pratiques.
Qu'ourdissaient sous nos yeux de pâles fanatiques :
L'Espagne en fit raison ! Les braves d'Austerlitz,
Conduits par d'Angoulême aux remparts de Cadix,
Ont déjoué l'espoir de ces folles menées ;
De Madrid, de Léon, les vaillantes journées
Ont noyé dans son sang l'hydre des factions,
Et démoli le char des révolutions.
L'Univers applaudit, la France enfin respire,
L'honneur et Ferdinand recouvrent leur empire ;
Se déployant, superbe, en ses riches couleurs,
La tige des Bourbons fleurit dans tous les cœurs !
Mais que vois-je ? O revers ! ô fortune implacable…!
Louis, toujours plus grand plus le destin l'accable,
Louis cède, il n'est plus !…. et le royal caveau
A, scellé de nos pleurs, consacré son tombeau.
Charles, le deuil des tiens, ta piété céleste,
Ont aussi consacré cette perte funeste !
La voix de tout un peuple en sanglots s'échappant :
« Notre père n'est plus ! » disait-il. « Roi clément,
» La paix d'un règne illustre éternise ta gloire,
» Elle a, sous nos drapeaux, ramené la victoire.

» Au Roi législateur qui dompta nos revers,

» Hélas ! il n'a manqué que des jours moins amers ! »

Et ce peuple affligé laissait couler ses larmes

Comme aux jours où Louis fit taire ses alarmes.

Charles, rappelle alors, dans ses murs abattus ,

Comme tout fut sauvé par *un Français de plus !*

Comme au nom du saint Roi, qu'annonçait ta présence,

Ce peuple a tressailli d'une haute espérance !

Ton règne l'a comblée !.... à tous les cœurs français

Rendu la liberté , le bonheur et la paix.

Le Désiré parut ! l'unanime allégresse

Accueillit son retour , honora sa sagesse.

Il promet... il tient plus ! Qui nous dira pourquoi,

Faisant tout pour son peuple , il ne fit rien pour soi ?

A peine il a touché le palais de ses pères ,

Que , soulevant le poids de trente ans de misères ,

Il frémit !... Qu'a-t-il vu ? Là , nos trésors pillés ,

Là , nos villes en feu , nos temples dépouillés ,

Sans culture nos champs , nos campagnes désertes ,

Partout des étrangers enrichis de nos pertes ,

Son peuple inoccupé succombant à la faim,

Cent mille preux sans solde, et lui criant : Du pain !....

Ouvert pour les nourrir son trésor se déploie,

Aux pompes de son sacre il renonce avec joie :

Vieillards, femmes, enfans, guerriers et citoyens,

Sont admis pêle-mêle à dévorer ses biens.....

Ah ! de l'humanité tout Bourbon est le temple,

Et sa noble famille imite un noble exemple !

Deux lustres d'un secours au malheur assuré,

Séchant des pleurs sans nombre, avaient tout réparé ;

Désormais sans scrupule, en son âme royale,

Louis rêvait à Reims sa marche triomphale :

Saint-Denis l'attendait !.... son sacre est un linceuil.

Mais voilà qu'affranchis des ombres du cercueil,

Ses mânes radieux, que l'Éternel contemple,

De la ville du sacre ont parfumé le temple.

On s'étonne, ô prodige ! au même trône assis,

Se tiennent embrassés CHARLES DIX et LOUIS.

Parcourant d'un regard la Basilique sainte :

« O France ! » a dit LOUIS, « reconnais-moi sans crainte.

» Le ciel, qui m'a reçu dans son sein fortuné,

» Bénit le nouveau Roi que ma mort t'a donné.

» Souris à tes destins ! pour infaillible gage,
» Je viens du Dieu vivant t'apporter le message.

» Peuple, de qui les pleurs, dans mes derniers combats,
» Ont adouci pour moi les horreurs du trépas ,
» Dont la foule attristée , inondant mes portiques,
» Encensa le néant de mes froides reliques ;
» Peuple , troupeau chéri , que , pasteur triomphant ,
» A des loups ravisseurs j'arrachai tout sanglant ,
» Dont mes soins paternels ont pansé les blessures ,
» Brisé l'indigne chaîne , aboli les tortures ,
» Par-delà du tombeau tu vois si je t'aimai ;
» Je t'ai légué mon frère.... et CHARLES t'a charmé !
» Tout ensemble héritier d'une illustre couronne,
» De mon amour pour toi , l'attribut de mon trône ,
» Sur mon règne il s'instruit, il modèle le sien !
» Ainsi j'avais su lire en son noble entretien :
» Il devait, l'honorant, répéter ma mémoire,
» Et faire un jour douter à l'équitable histoire
» Qui t'aima plus, bon peuple, ou de CHARLE ou de moi!
» Remplis ta destinée avec un si grand Roi :

» Dieu l'ouvre à mes regards, et cet aspect m'enflamme !

» Aux inspirations qui germaient dans son âme,

» CHARLES cède.... et le Prince a serré les liens

» Qui déjà l'unissaient à ses concitoyens.

» La presse était esclave, et, pour un peuple libre,

» Il manquait à tes lois ce puissant équilibre :

» Du flot d'opinion , un moment suspendu,

» Il rétablit le cours !... [1] Que craignait sa vertu ?

» L'asile du malheur, [2] celui de la victoire, [3]

» De ses pieux bienfaits bénissent la mémoire.

» Dans la royale école , ouverte aux plus vaillans ,

» Les enfans de l'État sont aussi *ses enfans* ! [4]

» La mort, dans Perpignan, plane sur des parjures....

» Le père a, du Monarque, oublié les injures. [5]

» Ainsi que LOUIS DOUZE , exemple des grands Rois,

» CHARLES a pardonné l'outrage de D'ARTOIS. [6]

[1] La loi qui a aboli la censure.

[2] Visite de S. M. Charles X à l'Hôtel-Dieu de Paris.

[3] Visite de S. M. à l'Hôtel royal des Invalides.

[4] Visite de S. M. à l'École royale Polytechnique.

[5] La peine de mort remise aux transfuges détenus dans la ci-
tadelle de Perpignan.

[6] Actes d'amnistie à l'occasion du sacre.

» Imite sa clémence, ô peuple magnanime !

» C'est assez, aux méchans, qu'un Roi les mésestime.

» Sur toi ne pèse plus leur sceptre clandestin ;

» Plus de tyrans !.... Un Roi, sous un libre destin !

» Tu vaincras de nouveau !... Mais, cette fois, tes armes

» Ne signaleront pas de sanglantes alarmes :

» Tu combattras d'amour et de fidélité

» Pour l'arbitre fécond de ta félicité.

» Va, cours flétrir l'accord de ces nains politiques,

» Qui, pensant t'égarer dans leurs lignes obliques,

» Aujourd'hui, comme au temps où ma Charte parut ;

» Pour vœux ont l'anarchie, et le pouvoir pour but ;

» De ces déclamateurs, restes du despotisme,

» Tout dégoûtans du fiel de leur libéralisme,

» Qui, se taisant, vendus, au saint jour du danger,

» Rampant devant le crime, au lieu de t'en venger,

» Sous le règne des lois, qu'opprima leur génie,

» Hurlent à la vertu sur le trône affermie !

» Flatteurs séditieux, craints de nos libertés,

» Depuis que leurs écrits ne sont plus achetés ;

» Trop habiles jongleurs, lâches, dont l'artifice

» Compta sur le dédain de l'humaine justice.

» Voilà tes ennemis ! peuple ; ils tremblent déjà...
» Sache les mépriser , ton mépris les tûra ! »

Ainsi parla Louis. L'immobile assemblée
L'écoutait, l'œil en pleurs et saintement troublée ;
Soudain l'enthousiasme , à son comble porté ,
Éclate , vole à lui !... Mais au ciel remonté ,
Du haut du char divin qui l'enlève à la terre ,
Louis bénit la France et sourit à son frère.
Son frère !... en sa douleur , en son ravissement ,
Ah ! quel témoin il a de son couronnement !
Dieu le voit, le protège !... Il incline en silence
Ce front héréditaire où le lis se balance ,
Et le peuple, et l'armée, et le prêtre, et la foi,
Consomment le mystère.... et CHARLES DIX est Roi !

FIN.

IMPRIMERIE ANTH⁰. BOUCHER, RUE DES BONS-ENFANS , N°. 34.

IMPRIMERIE ANTHELME BOUCHER, RUE DES BONS-ENFANS, Nº. 34.